Blagues et devinettes
**Faits cocasses**
**Charades**

Illustrations :
**Dominique Pelletier**

Conception graphique :
**Monique Fauteux**

*Éditions*
**SCHOLASTIC**

100 blagues! Et plus…
N° 12
© Éditions Scholastic, 2006
Tous droits réservés
Dépôt légal : 2ᵉ trimestre 2006

ISBN : 978-0-439-94062-7

6 5 4 3 2  Imprimé au Canada  140  13 14 15 16 17

Éditions Scholastic
604, rue King Ouest
Toronto (Ontario)
M5V 1E1
www.scholastic.ca/editions

En Ohio, un chat a composé le 911
pour demander de l'aide lorsque
son maître est tombé
de son fauteuil roulant.

Mon premier est le masculin de mère.

Mon second est le sport national du Canada.

Mon tout peut être très coloré.

• • • • • • • • • • • • • • • • • • • • • • • • • • • • • • • •

- C'est bizarre, depuis hier, je vois plein de points noirs!

- Tu as vu un oculiste?

- Non, je n'ai pas vu d'oculiste, j'ai vu des points noirs.

Lors d'une vérification de routine sur
la route, en décembre 2005, on a
retrouvé Magnus Palm, un Suédois
qu'on croyait décédé depuis deux ans.
Il a admis s'être fait passer pour
mort afin de recommencer à zéro.

5

QUEL EST LE PLUS GRAND
PORTEFEUILLE DU MONDE?
RÉPONSE : L'ARBRE

- Grand-maman, as-tu
de bonnes dents?

- Malheureusement non,
ma petite Lucie.

- Alors peux-tu surveiller
mes caramels?

Une femme n'a pas pu entrer dans
sa voiture, car le chat, qui était à
l'intérieur, avait marché sur le bouton
de verrouillage automatique et
les clés avaient été laissées sur
le siège du conducteur.

Mon premier est la troisième voyelle de l'alphabet.

Mon deuxième imite le cri de la vache.

Mon troisième est une couleur froide.

Mon tout peut avoir plusieurs étages.

- Je pense qu'il est vrai que la
télé peut entraîner de la violence,
dit Étienne.

- Qu'est-ce qui te fait dire ça?
lui demande son copain.

- Eh bien, chaque fois que je
l'allume, mon père me crie après!

- Maman, puis-je aller jouer dehors? demande Justin.

- Avec ton pantalon neuf? réplique sa mère.

- Non, maman, avec mon ami Guillaume.

· · · · · · · · · · · · · · · · · · · · · · · · · · · · · · · ·

- Si je te donne deux bananes, puis encore deux, combien en as-tu? demande une maman à son fils.

- Je ne sais pas.

- Voyons, deux plus deux, c'est facile. Tu n'apprends pas à compter à l'école?

- Oui, mais avec des pommes.

En 2005, les membres d'une
collectivité d'Anchorage (Alaska)
se sont réunis pour construire
un bonhomme de neige d'une hauteur
de 5 mètres, qu'ils ont appelé
Snowzilla. La réalisation de ce projet
a pris un mois.

Le capot d'un véhicule s'ouvrait et
cachait le pare-brise, bloquant ainsi
la vue au conducteur et à son passager.
Au lieu de s'arrêter, les deux hommes
ont continué à rouler en passant
la tête par la vitre pour voir la route.
Ils ont été arrêtés.

Mon premier est la première lettre de l'alphabet.

Les chiens n'aiment pas que l'on marche sur mon deuxième.

Mon troisième est l'époux de la duchesse.

Mon tout sert à transporter l'eau.

13

Sur une autoroute de l'Oklahoma,
le passager d'une voiture, bien éméché,
a sauté du véhicule pour essayer de
récupérer sa cigarette allumée.

La police a envoyé une femme de
86 ans en prison pour avoir appelé
le 911 20 fois en 30 minutes. Celle-ci
se plaignait des services d'une pizzeria
qui refusait de livrer à son domicile.

- À demain! dit Félicien.
- À deux pieds! dit Timothée.

QUELLE TABLE EN CLASSE N'A PAS DE PIEDS?

RÉPONSE : LA TABLE DE MULTIPLICATION

Mon premier est le contraire de tôt.

Mon deuxième n'est ni ma, ni sa.

Mon troisième est composé de deux
notes de la gamme qui se suivent.

On a mon quatrième lorsque l'on a peur.

Mon tout est délicieux.

QUE DIT UN MUR À UN AUTRE MUR?

RÉPONSE : ON SE RENCONTRE AU COIN!

- Anna, si ton papa a 10 $ et que tu lui demandes 6 $, combien de dollars est-ce qu'il reste à ton papa? demande le professeur.

- 10 $, répond Anna.

- Ce n'est pas la bonne réponse, Anna, dit le professeur.

- Vous ne connaissez pas mon père, réplique Anna.

- Garçon! Qu'est-ce que cette mouche fait dans ma soupe à l'alphabet? demande le client.

- Elle apprend à lire, répond le serveur.

Dans un zoo du nord du Japon,
on emmène deux fois par jour
15 manchots royaux faire
une promenade de 500 mètres
afin de les protéger de l'obésité.

20

Deux moineaux sont perchés sur un fil télégraphique. Tout à coup, l'un d'eux fait « **tihihihihihihihihihi** ».

- Qu'est-ce qu'il t'arrive? Je n'ai rien dit de drôle!

- Ce n'est pas toi, c'est un télégramme qui me chatouille.

- Jacob, dit le professeur,
tu vas copier 100 fois la phrase
« Je suis nul en français. »

Le lendemain, Jacob apporte son
travail.

- Mais, dit le professeur, tu n'as
copié la phrase que 50 fois!

- C'est que, monsieur, je suis aussi
très nul en mathématiques!

Les officiers de police n'ont pas eu
beaucoup de mal à retrouver le voleur
accusé d'avoir cambriolé un atelier de
réparation d'automobiles : ils ont suivi
ses traces de pas dans la neige
fraîche jusqu'à la porte de
son domicile.

23

Mon premier est une voyelle.

Mon deuxième est la spécialité
du magicien.

On peut avoir mon troisième à
fleur de peau.

Mon tout est irréel.

• • • • • • • • • • • • • • • • • • • • • • • • • • • • • • • • • •

Deux nigauds sont accrochés à
une branche. L'un descend et demande
à l'autre :

- Pourquoi tu ne descends pas?

- C'est parce que je ne suis pas mûr!
répond l'autre.

En Norvège, un homme qui avait
commandé une pizza a tenté de
la payer avec une carte de crédit
qu'il avait volée au livreur
le jour précédent.

Un groupe de personnes âgées qui avaient l'habitude de jouer aux échecs ensemble se sont vu interdire l'accès à un centre commercial de Rochester car elles étaient trop bruyantes.

POURQUOI LES POULES SONT-ELLES
MOINS PEUREUSES QUE LES GARÇONS?

RÉPONSE : PARCE QUE LES GARÇONS
PEUVENT AVOIR LA CHAIR DE
POULE, MAIS LES POULES
N'ONT JAMAIS LA CHAIR DE
GARÇON.

Deux squelettes se battent.
Le perdant dit au gagnant :
- J'aurai ta peau!

- Docteur, ma femme est folle! Elle pense qu'elle est une poule!

- Elle pense ça depuis quand? demande le docteur.

- Six ans.

- Bon sang! Pourquoi avez-vous attendu si longtemps pour venir me voir?

- On avait besoin d'œufs.

........................................................

Dracula soupe au restaurant :

- Je vous apporte le menu, monsieur? demande le serveur.

- Non, donnez-moi plutôt la liste des clients!

Deux vieux messieurs parlent ensemble :

- Je n'ai pas parlé à mon épouse depuis trois semaines.

- Elle est partie en voyage?

- Non, mais elle est très bavarde et je n'ose pas l'interrompre.

....................................................

- Bravo, Émile. Tu t'améliores, tu n'as que quatre fautes, dit le professeur.

- Merci, monsieur, répond Émile.

- Bien, dit le professeur. Maintenant, passons au mot suivant.

Le propriétaire d'une fromagerie
a annoncé qu'il renonçait
à retrouver la tonne de fromage
que les employés avaient placée au
fond de l'eau en 2004 pour
en accélérer le vieillissement.

En Virginie, la police a facilement pu arrêter un voleur qui avait cambriolé une banque. Il s'était arrêté pour payer sa note de téléphone cellulaire.

En Inde, la police a décidé de ne plus donner de contraventions, mais plutôt des roses aux automobilistes qui enfreignent la loi.

En Afrique, un touriste veut absolument se baigner dans une rivière. Il met son maillot de bain et demande :

- Y a-t-il des requins?

- Non, non, lui répond-on.

- Vous êtes sûr? insiste le touriste en plongeant.

- Oui, il n'y a que des crocodiles!

• • • • • • • • • • • • • • • • • • • • • • • • • • • • • • •

On a mon premier lorsque l'on n'a pas raison.

Mon deuxième est un pronom familier.

Mon troisième vient après un.

Mon quatrième m'a donné naissance.

Mon tout est un animal qui vit très longtemps.

Mon premier est une petite sphère en verre avec laquelle les enfants jouent.

Mon deuxième est une rangée d'arbustes.

Mon troisième suit un.

Mon quatrième est la seizième consonne de l'alphabet.

On fait un feu dans mon cinquième.

Mon tout permet d'assister au spectacle.

Georges part à la pêche et revient bredouille. À son retour en ville, il s'arrête chez un poissonnier.

- Je voudrais trois truites, mais ne me les mettez pas dans un sac. Lancez-les-moi.

- Pourquoi voulez-vous que je fasse ça? lui demande le poissonnier.

- Je voudrais pouvoir dire honnêtement que j'ai attrapé trois poissons.

- Judith, tu viens jouer dehors avec moi ce soir?

- Je ne peux pas, je dois aider mon père à faire mes devoirs.

..............................................

Isabelle ne comprend pas pourquoi ses nouvelles chaussures lui font si mal.

- Ouille! Elles m'allaient bien ce matin à la maison!

- Mais Isabelle, dit le professeur, tu les as mises au mauvais pied!

- Mais madame, dit Isabelle, je n'ai pas d'autres pieds.

Alexandre fait le tour du bloc avec sa nouvelle bicyclette. En passant devant chez lui, il crie à sa mère :

— Maman, regarde, je fais de la bicyclette en me tenant avec juste une main!

Il refait un tour de bloc.

— Maman, je fais de la bicyclette sans les mains!

Après le troisième tour, Alexandre crie :

— Maman, regarde, ze fais de la bizyclette zans les dents...

POURQUOI LE DOCTEUR FRANKENSTEIN N'ÉTAIT-IL JAMAIS SEUL?

RÉPONSE : PARCE QU'IL A TOUJOURS SU SE FAIRE DE NOUVEAUX AMIS.

- J'ai deux nouvelles à t'annoncer.
- Commence par la bonne.
- Impossible, ce sont deux mauvaises!

POURQUOI LE PETIT MOUSTIQUE
A-T-IL PASSÉ UNE NUIT BLANCHE?

RÉPONSE : IL ÉTUDIAIT POUR SON
TEST SANGUIN.

Mon premier est la deuxième note de la gamme de do.

Mon deuxième désigne les aliments cuits dans l'huile.

Mon troisième est la cinquième consonne de l'alphabet.

Mon quatrième est la femelle du rat.

Mon cinquième dure soixante minutes.

Mon tout garde les aliments au frais.

- Qui peut me dire quand a eu lieu la Grande Dépression? demande le professeur.

- La semaine passée, quand j'ai eu mon bulletin, répond Julie.

.......................................................

- Qui peut me dire quand s'est terminé l'Âge du fer? demande le professeur.

- Quand on a inventé les tissus infroissables! répond Sylvestre.

Le gouvernement français a fait passer
une loi qui permettrait aux cinémas
et salles de spectacles de bloquer
les signaux des téléphones cellulaires
pour assurer le silence.

La ville de Berlin s'est dotée de poubelles à énergie solaire qui remercient les gens qui y déposent leurs ordures.

POURQUOI LA PETITE FILLE N'AVAIT-ELLE
PAS PEUR DU REQUIN?

RÉPONSE : PARCE QUE C'ÉTAIT UN REQUIN
MANGEUR D'HOMMES.

Mon premier est un pronom personnel.

Mon deuxième est le petit de la vache.

Mon troisième est au milieu du visage.

Mon tout est au début de sa vie.

- Je déteste ce fromage avec des trous dedans!

- Eh bien, mange ce qu'il y a autour!

. . . . . . . . . . . . . . . . . . . . . . . . . . . . .

Un nigaud dit à un autre :

- Te rends-tu compte que, s'il n'y avait pas d'électricité, on serait obligés de regarder la télé à la lumière d'une chandelle?

Trois hommes attendent dans une salle, à la maternité d'un hôpital. Tout à coup, une infirmière entre et annonce au premier homme :

- Monsieur, vous êtes l'heureux père de jumeaux!

- Quelle coïncidence! Nous habitons à Deux-Montagnes!

Plus tard, l'infirmière revient et annonce au deuxième homme qu'il est le père de triplés.

- Encore une coïncidence! dit l'homme. Nous habitons à Trois-Rivières!

Alors, le troisième homme qui attendait se lève et se dirige vers la sortie en disant :

- Moi, je me sauve, j'habite à Sept-Îles.

En Angleterre, un automobiliste a eu
le nez cassé quand quelqu'un, dans
une voiture roulant en sens inverse,
a jeté une saucisse gelée par la vitre.

Le chien aboie, le chat miaule,
le cheval hennit, et la fourmi croonde
(four micro-ondes).

........................................................

Au magasin de chaussures :

- Avez-vous des chaussures de
crocodile? demande le client.

- Non, répond le vendeur, mais
je peux téléphoner à une autre
succursale. Quelle pointure votre
crocodile chausse-t-il?

La Société canadienne des postes
refuse d'apporter le courrier chez une
résidente de l'Ontario, car la marche
de son palier dépasse de 10 cm
la limite réglementaire de 20 cm.

MONSIEUR ET MADAME PAHUCHO ONT DEUX FILLES. COMMENT LES APPELLENT-ILS?

RÉPONSE : SANDRA ET ELLA, CAR SANS DRAP, ELLE A PAS EU CHAUD!

Mon premier n'est pas laid.

Mon deuxième est la 26e lettre de l'alphabet lorsque l'on commence par la fin.

Mon tout est une espèce de serpent.

La mère de Paul a trois enfants :
Pim, Pam et… Je ne me souviens plus
du nom du troisième.

Ma sœur est enceinte, mais comme
elle ne connaît pas encore le sexe
du bébé, je ne sais pas si je vais
être un oncle ou une tante!

Le propriétaire d'un club suisse a mis
le feu à son propre immeuble en
essayant de prouver aux pouvoirs
publics qu'il était à l'épreuve du feu.

51

Mon premier est l'endroit favori
des canards.

Mon deuxième est le contraire
de tard.

Mon tout enfonce le clou.

● ● ● ● ● ● ● ● ● ● ● ● ● ● ● ● ● ● ● ● ● ● ● ● ● ● ● ● ● ● ● ● ●

Un campeur inexpérimenté se fait
dévorer par des moustiques :

   - Vous m'aviez dit qu'il n'y avait
pas de moustiques dans ce camping!

   Le directeur lui répond :

   - C'est la vérité, monsieur.
Ces moustiques viennent du camping
d'à côté.

- Maman, dit Maryse, je sais ce que je vais t'offrir pour ton anniversaire!

- Ah oui? Que vas-tu m'offrir? demande la mère.

- Un nouveau miroir pour ta chambre à coucher, répond Maryse.

- Mais j'en ai déjà un, dit la mère.

- Non, dit Maryse, tu en avais un. Il y a eu un petit accident...

- Qui peut me nommer six animaux de l'Arctique? demande le professeur.

- Trois ours polaires et trois phoques, répond Bastien.

● ● ● ● ● ● ● ● ● ● ● ● ● ● ● ● ● ● ● ● ● ● ● ● ● ● ● ● ● ● ● ●

Un fou se rend au commissariat du coin et dit :

- Monsieur l'agent, arrêtez-moi, je suis un tueur en série!

- Ah? Et pourquoi dites-vous cela? lui demande l'agent.

- Voilà. J'ai jeté mon canari du haut d'une falaise et j'ai noyé mon poisson rouge!

La reine d'une colonie de fourmis peut
atteindre l'âge de 20 ans!

Les rats sont très agressifs et se battent énormément. Ils ne tolèrent aucun individu d'une colonie étrangère sur leur territoire.

Mon premier coupe le bois.

Mon deuxième est une partie du visage.

Mon troisième porte les voiles d'un bateau.

Au début, mon tout était muet.

• • • • • • • • • • • • • • • • • • • • • • • • • • • • • • • •

Un groupe de scouts de la ville vont camper dans les bois. Le premier soir, leur chef leur dit :

- On ferait mieux de rentrer dans nos tentes avant que les moustiques nous dévorent.

Plus tard, cette même nuit, un des campeurs se réveille, regarde dehors et voit des douzaines de lucioles. Il s'exclame :

- Cachons-nous! Les moustiques ont des lampes de poche!

Une personne normale fait plus de
1 460 rêves par année.

QUELLE EST LA DIFFÉRENCE ENTRE PARIS,
VIRGINIE, ET L'OURS POLAIRE?

RÉPONSE : PARIS EST UNE MÉTROPOLE,
VIRGINIE AIMAIT TROP PAUL, ET
L'OURS AIME ÊTRE AU PÔLE.

QUE DIT L'ENVELOPPE AU TIMBRE?

RÉPONSE : JE TE TROUVE PAS MAL
COLLANT.

- Docteur! Ma femme est complètement folle! Elle héberge 60 chats dans notre appartement.

- Vous dites 60 chats? Fantastique! Cela dénote un certain amour pour les félins.

- Et le plus terrible, docteur, c'est qu'avec toutes les fenêtres fermées, l'odeur est insupportable!

- Mais vous pouvez les ouvrir!

- Jamais de la vie! Mes 300 canaris risqueraient de s'enfuir.

COMMENT LE CANNIBALE APPELLE-T-IL
UN HOMME QUI SE REPOSE DANS
UN HAMAC?

RÉPONSE : UN DÉJEUNER AU LIT

- Savais-tu que ça prend
trois agneaux pour fabriquer
un chandail? demande Françoise.

- Je ne savais même pas que
les agneaux savaient tricoter,
répond Marcel.

Chaque enfant de 4 ans pose en moyenne 437 questions par jour.

- Catherine, combien y a-t-il de lettres dans l'alphabet? demande le professeur.

- Huit, répond Catherine.

- Voyons, que me dis-tu là? dit le professeur.

- Mais oui monsieur : A-L-P-H-A-B-E-T, ça fait huit!

..................................................

Mon premier passe vite lorsque l'on s'amuse.

Mon deuxième sent souvent mauvais.

On préfère être à l'abri lorsque mon tout se manifeste.

QU'OBTIENT-ON SI L'ON CROISE
UN SCORPION AVEC UNE ROSE?

RÉPONSE : JE NE SAIS PAS MAIS
GARE À CEUX QUI
VOUDRAIENT LA SENTIR.

- As-tu reçu le cœur que je t'ai envoyé pour la Saint-Valentin? demande un vampire à sa petite copine.

- Oh oui! lui répond-elle. Merci! Il bat encore.

POURQUOI LES MARINGOUINS SONT-ILS
SI AGAÇANTS LE SOIR?

RÉPONSE : PARCE QU'ILS VEULENT
UNE PETITE BOUCHÉE AVANT
D'ALLER DORMIR.

-Tu as de très beaux yeux, dit
un cannibale à sa petite amie.

- Merci, lui répond-elle. On me
les a offerts pour mon anniversaire.

Les ongles des doigts poussent environ 4 fois plus vite que les ongles des orteils.

Un drôle de type demande à un passant comment aller sur la rue Langevin. Le passant lui répond :

- Prenez l'autobus 51.

Deux heures plus tard, le passant aperçoit le type encore planté à l'arrêt.

- Vous êtes encore là? demande-t-il, surpris.

- Oui, répond le type. Ça ne devrait pas tarder, il en est déjà passé 45.

QU'EST-CE QU'UNE CHENILLE?

RÉPONSE : UN VER DE TERRE VÊTU
            D'UN MANTEAU DE FOURRURE

Mon premier voit s'arrêter les trains.
On fait mon deuxième avec une corde.
Mon troisième ne dit pas la vérité.
Mon tout est un enfant espiègle.

Ton corps produit environ un million de
nouveaux globules rouges par seconde.
Ceux-ci proviennent de la division
des cellules de la moelle osseuse.

QUE DIT LA MAMAN SANGSUE
QUAND QUELQU'UN VIENT NAGER
DANS L'ÉTANG?

RÉPONSE : LE REPAS EST SERVI!

Un fou demande à ses amis :

- Cette bicyclette peut-elle avoir
des bébés?

- Pourquoi pas? répond le premier.

- Bien sûr que non! répond
le second. Vous ne voyez pas que
c'est une bicyclette de gars?

Contrairement à la plupart
des animaux, les plantes ne cessent
jamais de grandir.

- Sais-tu qu'à Montréal, un homme est victime d'un accident d'automobile toutes les demi-heures? dit Christian.

- C'est vrai? répond Nathalie. Pauvre homme! soupire-t-elle.

............................................................

- Quel est ton auteur préféré? demande Gilbert.

- Aucune! répond Françoise. J'ai bien trop le vertige!

Deux dindons se rencontrent dans
la basse-cour. L'un demande à l'autre :

- Où passes-tu Noël, cette année?

......................................................

Deux lapins jouent aux cartes.
Soudain, l'un pose ses cartes sur
la table et demande :

- Mais qui a mangé tous les trèfles?

QUELLES SONT LES TROIS LETTRES
LES PLUS SPORTIVES?

RÉPONSE : N-R-J

Deux copines discutent :

- Tu sembles bien fatiguée ce matin,
dit la première.

- Je sais, répond l'autre. J'ai fait
des cauchemars toute la nuit et je n'ai
pas dormi une seule minute.

Le mont Kea, situé à Hawaï, est
une montagne qui se trouve sous l'eau.
Si on la mesure du fond marin,
sa hauteur est de 32 000 pieds,
ce qui est 3 000 pieds plus haut
que le mont Everest!

L'arbre le plus grand au monde est
le séquoia. Il peut atteindre
une hauteur de plus de 300 pieds!

OÙ CULTIVE-T-ON L'AIL?

RÉPONSE : DANS UN CHANDAIL,
ÉVIDEMMENT!

QUELLE EST LA MEILLEURE FAÇON DE
TÉLÉPHONER À L'ABOMINABLE HOMME
DES NEIGES?

RÉPONSE : PAR INTERURBAIN!

L'animal le plus rapide au monde est
le guépard. Il peut atteindre
une vitesse de plus de 140 km/h.

JE SUIS LE MILIEU DE LA MER ET
LE BOUT DE LA TERRE, QUI SUIS-JE?

RÉPONSE : LA LETTRE « E »

À QUELLE DATE A LIEU LE FESTIVAL
DES VÉHICULES TOUT TERRAIN (4 X 4)?

RÉPONSE : LE 4 AOÛT (QUATRE ROUES)

QU'EXIGE-T-ON D'UN COCHON QUI
VEUT PASSER LA FRONTIÈRE?
RÉPONSE : UN PASSE-PORC

Le juge s'adresse à un homme
accusé d'avoir volé une montre :

- Le jury vous déclare non
coupable. Vous pouvez partir.

- Merci beaucoup, dit l'homme.
Est-ce que ça veut dire que je
peux garder la montre? ajoute-t-il.

Deux médecins discutent.

- Que faites-vous aux patients qui ont des troubles de mémoire? demande l'un.

- Oh! répond l'autre, je les fais payer d'avance!

● ● ● ● ● ● ● ● ● ● ● ● ● ● ● ● ● ● ● ● ● ● ● ● ● ● ● ● ● ● ●

- Monsieur, voulez-vous que l'on coupe votre pizza en quatre ou en huit morceaux?

- En quatre, répond l'homme. Je n'ai pas assez faim pour huit morceaux!

- Un cultivateur qui a voulu laver son champs de maïs s'est retrouvé avec un champ d'épinettes (épis nets).

• • • • • • • • • • • • • • • • • • • • • • • • • • • • • • • • •

- Monsieur et madame Golade sont heureux de vous annoncer la naissance de leur fils Larry.

- Paul, que veux-tu faire plus tard? demande le professeur.

- Je veux rentrer dans la police pour suivre les traces de mon père, répond Paul.

- Ton père est agent de police? demande le professeur.

- Non, répond Paul, il est cambrioleur.

La mer Morte est tellement salée
qu'il est impossible de s'y noyer.

- Pourquoi vaut-il mieux ne pas se promener dans la jungle entre cinq et six heures le matin?

- Parce que c'est l'heure à laquelle les éléphants descendent des arbres.

• • • • • • • • • • • • • • • • • • • • • • • • • • • • • • • •

- Pourquoi les crocodiles ont-ils la tête plate?

- Parce qu'ils se promènent dans la jungle entre cinq et six heures le matin.

POURQUOI LE JARDINIER SE PROMÈNE-T-IL
NU DANS SON JARDIN?

RÉPONSE : C'EST POUR FAIRE ROUGIR
LES TOMATES!

- Je vous trouve fourmidable!
dit la petite fourmi à son idole.

Monsieur et madame Thomie vous
annoncent la naissance de leur fille Anna.

........................................................

  - Est-ce que ça va faire mal?
demande Pascal au dentiste.
  - Un petit peu, répond le dentiste.
Serre les dent et ouvre grand
la bouche, ajoute-t-il.

– Ma voisine est tellement maigre qu'il n'y a qu'une ligne sur son pyjama rayé.

• • • • • • • • • • • • • • • • • • • • • • • • • • • • •

– Je me prenais pour un chien, mais le médecin m'a guéri, dit Maurice.

– Et tu vas bien maintenant? demande Françoise.

– Je suis en pleine forme! dit Maurice.Touche mon nez.

Les paresseux dorment facilement
20 heures par jour.

- As-tu dîné? demande Marcel.
- Non, répond Sylvie, j'en ai un seul.

QUELLE EST LA BOISSON PRÉFÉRÉE
DES VAMPIRES?

RÉPONSE : LA SANGRIA

Saviez-vous que la photo de la reine
Elizabeth II sur le timbre de
49 cents, introduit en 2003, a été
prise par le chanteur canadien
Brian Adams?

- As-tu averti ton ami de ne plus m'imiter? demande Christian.

- Oui, répond Robert. Je lui ai dit d'arrêter de faire l'imbécile.

QUELLE INVENTION PERMET DE VOIR À TRAVERS LES MURS LES PLUS ÉPAIS?

RÉPONSE : LA FENÊTRE

Saviez-vous que le 29 février 2005,
20 650 Canadiens n'ont pas pu
célébrer leur anniversaire?

Saviez-vous que Winnipeg a été
la première ville du monde où on a
utilisé le 911 pour signaler
les urgences?

Dans la salle d'opération :

- Je suis un peu nerveux, docteur. C'est ma première opération.

- Quelle coïncidence! C'est aussi ma première opération, répond le médecin.

COMMENT SE NOMME LE CONCIERGE RUSSE LE PLUS CONNU?

RÉPONSE : ITOR LAMOP

Mon premier est une fête religieuse
qui a lieu au printemps.

Mon second n'est pas laid.

Mon tout est un type de bateau.

• • • • • • • • • • • • • • • • • • • • • • • • • • •

   - On a découvert l'oxygène au
XVIᵉ siècle, dit le professeur.
   - Ah oui? dit Julie. Que
respirait-on avant?

Saviez-vous que l'on utilise 17 muscles pour sourire et 43 pour faire une grimace?

Einstein a envoyé plus de
14 500 lettres, des rapports sur
les sciences biologiques. Il a reçu plus
de 16 200 lettres, mais n'a répondu
qu'à un quart d'entre elles. Au cours
des 30 dernières années de sa vie,
il écrivait une lettre par jour.

- Maman, est-ce que ça grossit vite, les poissons? demande Alex.

- Ça dépend, répond la maman. Tu vois, la truite que papa a pêchée la semaine dernière, elle grossit d'une livre à chaque fois qu'il en parle.

• • • • • • • • • • • • • • • • • • • • • • • • • • •

- Hier, à l'examen, j'ai essayé un nouveau truc, dit Albert.

- Quoi? demande Guillaume.

- J'ai copié les réponses de mon voisin à l'aide d'un miroir.

- Et alors? demande Guillaume.

- Eh bien, répond Albert, il a eu 92 % et j'ai eu 29 %.

Un homme se présente chez le directeur du cirque.

- Bonjour, je suis imitateur d'oiseaux. Puis-je vous faire une démonstration de mon numéro?

- Non, ce n'est pas nécessaire, répond le directeur. Des imitateurs d'oiseaux, il y en a à la tonne. Ça ne m'intéresse pas. Veuillez sortir.

- Tant pis, dit l'homme en s'envolant par la fenêtre.

La peau de requin a longtemps servi
comme papier de verre.

- Nous avons enfin réussi à dresser notre chien à faire ses besoins sur le journal. Il ne reste plus qu'à lui apprendre à attendre que nous ayons fini de le lire.

• • • • • • • • • • • • • • • • • • • • • • • • • • • • • •

- J'ai trouvé le moyen de ne plus jamais avoir de contraventions, dit Robert.

- Ah oui? Comment? demande Gaston.

- J'ai enlevé mes essuie-glaces!

QUEL EST LE JOUR LE PLUS
SAVANT DE L'ANNÉE?

RÉPONSE : LE 7 AOÛT

- Quel est votre repas préféré?
demande l'explorateur au cannibale.

- Les gens bons, répond le cannibale.

La langue de la baleine bleue pèse
autant qu'un éléphant.

Les girafes ont des difficultés à se coucher et à se relever. Elles restent donc debout pour donner naissance à leur petit, qui tombe alors de 2 mètres.

Un jardinier trouve une voiture de police enterrée dans un parc.

- Que faites-vous là? demande-t-il au policier dans la voiture.

- J'étais en train de poursuivre un bandit, répond-il, mais il m'a semé.

· · · · · · · · · · · · · · · · · · · · · · · · · · · · · · · · · · · · ·

Mathieu entre dans un café et demande où est la piscine.

- Il n'y a pas de piscine ici, lui répond-on.

- Alors, pourquoi dehors, il est écrit « Onze beignes pour 1,99 $ »? demande Mathieu.

Les poules qui écoutent de la musique
pop pondent plus d'œufs.

107

# Solutions des charades